Prima edizione: agosto 2021
BERTONI EDITORE
Via Giuseppe Di Vittorio, 104 Chiugiana, Ellera (Perugia)

Bertoni Editore
www.bertonieditore.com
info@bertonieditore.com

Tommaso Desideri

BASALTO

Bertonieditore

A Davide

Preludio

Da pargoli ci viene insegnato,
con tanti ticchi di tacchettate,
a scrivere su grigi binari
e fogli biancastri,
a mantenere un ordine infinito
di righe e colonne,
celando la nostra vena caotica.

Quando però cala la notte
e le stelle si riflettono sugli
Specchi artificiali delle metropoli,
l'immaginazione viene rilasciata,
travolgente e affamata,
e come l'ultimo degli istinti
aggredisce le nostre menti.

I pensieri, smaniosi di palesarsi,
si riversano su fogli di basalto,
poveri, ma all'occorrenza preziosi
se decorati da solchi imprecisi e reali,
specchio di chi crede di poter tutto,
ma è vittima della sua inevitabile
perfetta imperfezione.

FAVOLA DELLA BUONANOTTE I

I venti di Parco Sempione…

Un giorno venne un piccolo fringuello
che io trovai da subito molto molto bello,
calmo cinguettava, chissà che aveva in mente
forse amore per tutti, forse un bel niente.

Mi affezionai molto, iniziai a curarlo
passavo intere giornate ad ascoltarlo
e lui cantava, come un'innamorata,
una dolce, lieta e soave ballata.

Ma poi, all'improvviso, il cielo anneri
e il calmo fringuello d'un tratto scomparì.
Io mi domandavo: sarà colpa dei venti?
O forse si è stancato dei troppi complimenti?

Ma quando finalmente riuscii a trovarlo
volò via lontano e smisi di cercarlo.

SOGNO 1

Notte

Ciao Notte,
da quando siamo tutti
rinchiusi,
forse hai perso il tuo potere,
ma non per me.
Ci rendevi uguali, impegnati
in sogni contorti,
ma sei qualcosa di più.

Sei il momento
in cui le paure prendono
Vita,
sei il momento
in cui ritornare
bambini.
E se il sussurro silenzioso,
il sibilo del vento
non mi mente,
allora non sei cambiata,

e affettuosamente,
torno a soffrire.

SOGNO 2

Magenta

Siamo intoccabili,
resi immobili,
il grido di aiuto si alza dalla
folla
che invade i luoghi
inaccessibili.

Desolate giornate di marzo,
sbocciano le gemme,
tornano i passeri,
unici turisti solitari.
Il richiamo del vento e della
Primavera
non è mai stato così lontano.

Italia mia, parlo invano
di un popolo ferito,
che nasconde i volti
dietro a sorrisi e maschere,
paranoie e rigore,
costretto a una vita
straordinaria,
nell'ordinaria regolarità.

SOGNO 3

Smartphonesimo

È nella nostra anima essere attratti
da ciò che è luccicante
peggio ancora se è sgargiante,
migliaia di piccoli colori sparati in viso
mutano nella nostra dose giornaliera.

Una necessità che diventa abitudine
si evolve nella triste dipendenza,
una che non sopporta lontananza:
siamo nati con un telefono in tasca
e quella del portafogli è stata dimenticata.

Siamo sicuri che non sia un parente?
Non si trova: un colpo al cuore,
Non si sente: terribile conseguenza,
Si fa male: urgente, un ospedale!

In un momento pieno di idoli e religioni
siamo tutti fedeli, battezzati ed ortodossi.

SOGNO 4

La solitudine dell'attimo

Nel fiume continuo del tempo
l'attimo è la goccia più solitaria:
è isolato, corto, spesso dimenticato,
perso in un flusso convulso di ricordi.
Le giornate sono una fitta sequenza
di attimi vuoti, perduti, dimenticati.

Quando però l'attimo viene impresso,
breve nella colma memoria,
come un dipinto prende colori,
sfumature, intensità, emozioni
e da unità miliardesima
diventa unico, raro, imprescindibile.

Carico di affetto, però, rimane solitario:
unico nella sua importanza,
diverso nella sua rilevanza,
stupendo,
ma immerso in un fiume di banalità.

FAVOLA DELLA BUONANOTTE II

Diciassette Agosto

Una lieve brezza abbraccia i pini
nella fresca giornata estiva.
Cullato dalla melodia montana
il codirosso mi coglie nel sonno
cantando come un profeta l'inizio,
il diciassette agosto.

Mi sveglio tra gli abbracci dei cari
confuso dalla presta mattina
mentre scorgo i sorrisi amari,
abitanti della catena alpina.

Poche parole: dolci e confuse
che nascondono il senso eterno,
affetto e compassione: scuse.
È arrivata la fine dell'inverno.

Corro sotto la limpida arcata
mentre scappo da una scabra tempesta.
Il pensiero va a quell'anima dannata,
novizia di quel quadro in festa

Mi volto, cerco il frassino,
compagno di mille ritorni
ma ormai il nido del passero

ha esaurito i suoi caldi giorni.

Vittima di un lungo inverno,
Illuso di una dolce primavera,
triste nel canto sempiterno
caduto nei pensieri di chi spera.

SOGNO 1

Faro

Un sottile parlottio
venne subito zittito
da una figura
fintamente autoritaria:
inizia l'appello
dell'anno nuovo.

I nomi scorrevano
tra le ilari risate
come formiche
in attesa dell'unica
briciola rimasta,
e finalmente venni tu.

La luce offuscata
dalle lampade al neon
risaltava i tuoi biondi capelli,
mentre i tuoi occhi
squarciavano chiari il grigio
ambiente sottomesso.

Incrociai il tuo sguardo.

Un secondo, un solo attimo:
un antidoto contro le tenebre.

SOGNO 2

Macchie ostinate

Leggeri, ci si impegna in
parole, lusinghe e debiti,
garanzie, promesse e voti,
legando indiscriminatamente
il promesso al promettente.

La mente va rapida sul risultato
e non importa cos'è impegnato,
basta ottenere un celere acconto
che si presti senza troppo sforzo.

Il peso però si fa sentire
quando a quelle parole leggere
si accumulano desideri,
ed il prezzo diventa insostenibile
in caso il debitore sia insolvente.

L'unica soluzione è quindi
cancellare, cancellare e cancellare,
mentalmente più che fisicamente:
cacciare tutto nella psiche inesplorata,
negando una inevitabile epifania.

Appena però il cielo crolla
ed il sicuro Oreste diventa Amleto
la speranza è che il triste debitore

non sia scomparso, perché in tal caso
Tempo o Lete diventano inutili ruscelli.

SOGNO 3

Macchina a Molla

Tira, tira, tira e tira…
la manovella che tira la molla.
Carica, carica, carica e carica…
per sperare in un grande spettacolo.

E dopo che hai tirato,
sperato ed agito,
puntualmente la macchina
ha un inutile guasto.

Una ruota allentata,
una forcina spaccata,
la molla è debole,
la maniglia è sdrucciolevole.

Così le aspettative vengono disilluse,
vittime perdute in un mare di scuse.

SOGNO 4

Milano

Cammino infreddolito tra le vie
della città addormentata.
Gemmano gli alberi
sui lunghi viali solitari,
mentre lenta la gente
si ripara in pesanti cappotti.

Le persone concedono solo
angusti sguardi ai propri avversari,
abitanti di quei marciapiedi
che sporadicamente
si è obbligati a condividere.

Passi perpetui si propagano
nelle strade isolate
e una sensazione di avversione
pervade nell'aria,
"Siamo tutti nemici":
è il pensiero comune.

Le ferite del corpo
che ci affliggono da mesi
rimargineranno,
ma la mente, la fiducia
lentamente costruita
per il proprio vicino

rimarrà offesa

Curvo, subisco occhiate notturne
mentre il sole raggiunge lo Zenit.

FAVOLA DELLA BUONANOTTE III

Rondine Purpurea

Un lieto giorno di fine estate,
trasportato dalla dolce brezza
un uccellino si pose sulle scalinate
e stupì tutti per la sua dolcezza.

Passarono i giorni con liete chiacchierate,
settimane, mesi di pura gentilezza
il bel riflesso delle ali colorate
fece cadere ogni mia debolezza.

Da quel giorno un anno passò
e all'improvviso i toni si fecero cupi,
pensai: "giorni migliori qui aspetterò"
ma venni buttato in mezzo ai lupi.

L'uccellino si rivelò un'aspra arpia
e la scoperta mi rese nient'altro che affranto.
I giorni normali divennero agonia
perché costretto a rimanere al suo fianco.

Adesso inizia un'altra estate
e il pensiero mi porta alle azzurre ali
che sembravano dolci, gentili e delicate
ma nascondono artigli per me letali.

SOGNO 1

Mamihlapinatapei

Ogni giorno
piccoli passi alterni
perpetuamente ripetuti
spezzano regolarmente
il via vai continuo
delle anime irrequiete.
Parlottii, borbottii, disturbi,
nulla di questo è rilevante:
è questione di sguardi,
Mamihlapinatapei.

Fuggente, fugace, fuggevole,
dal forte sapore chiaro,
un solo secondo è concesso
per esprimere un forte sentimento:
l'eternità dell'attimo…

Come esprimere la gratitudine,
la sofferenza, la gioia e il dolore,
se non con il dolce incrocio
di due anime in realtà sconosciute.
Una danza millenaria
che si risolve nel presente:
Mamihlapinatapei.

SOGNO 2

Primavera

Siamo pupazzi di neve
che si sciolgono all'ombra:
inermi soffriamo e vediamo
scomparire ogni nostra Certezza.

Vediamo la devastazione
in attesa di un inverno lontano
e diventiamo pane per le pozzanghere
senza alcuna via di scampo.

Quando arriva l'inverno
veniamo trasformati in statue,
allegri, siamo costretti ad
abbottonarci un sorriso.

Finché di nuovo non veniamo
dimenticati
e il sole risorge minaccioso.

SOGNO 3

Tempo

La notte è la parte
migliore della giornata
perché ogni minuto è pesato:
torno a sentire
lo scorrere del tempo sulla mia
pelle.
Torno a sentire
la preziosità dei minuti
e l'inesistenza dell'eterno.
Mentre le lancette corrono
e perdo ancora il mio sonno,
mi sento leggero:
sono ancora umano.

SOGNO 4

Antifurto

Metallici mezzi dimenticati
riposano freddi per le strade
da lungo smarrite:
il vento li sollecita ad esistere
ed emettono un grido d'aiuto.

Nessun padrone lo potrà fermare.

Immerso in una marea
di pensieri lontani
e fuori da ogni realtà riflessa,
una continua cantilena
mi riporta a casa.

Confuso nella mia mente,
ascolto il grido lontano e solitario:
nessuna domanda, nessun pensiero
avrebbe allontanato quel dolce ricordo.

In questa notte immobile
riscopro il gusto antico
delle campane.

FAVOLA DELLA BUONANOTTE IV

Indifferenza

Passeggio piano per il posto,
cos'è questa pioggia?
Dovevo essere sereno,
indifferenza.

Benedico il suo sorriso,
amico di lunghi pensieri,
nemico di corte mattine,
indifferenza.

Qual è il mio peccato?
L'aver amato il pallido viso
aver sperato nel bianco sorriso,
indifferenza.

Fascio di luce e di speranza,
varco di vita nella grigia mattina,
dov'è finito?
Indifferenza.

Cos'è rimasto?
Nel doverla incontrare un dolce dolore,
un nero tumulto nel mio triste cuore,
L'Indifferenza.

SOGNO 1

La fine del sogno

Corro, per l'ultima volta,
in quel caro e fosco cortile,
appesantito dalla perpetua pioggia,
piccole tracce di luce
penetrano il cielo scuro, nero, cupo.

Corro, il forte vento si scaglia
contro le mie deboli forze:
il suo spirito mi sveste e rimango
nudo nel mio soffrire.

Corro, corro per lei,
la vedo in fondo a quel
corto cortile, ma non riesco,
non riesco a raggiungerla.

Corro, sono giorni, mesi ormai,
e la meta si fa più vicina,
quel dolce sguardo di luce,
nel buio profondo che ho intorno.

Corro, e ormai l'ho raggiunta,
ma è caduca, fugace, effimera.
La luce sgargiante nel buio
fa solo risaltare le tenebre.

Mi sveglio dal mio nero sogno
consapevole di una dolce sconfitta.

SOGNO 2

Erebo

In ogni minuto, secondo, attimo
veniamo bombardati
da migliaia di inutili
ed informi informazioni.

Gatti omicidi, compleanni,
bollettini e cani salvatori:
non troviamo un momento
per noi stessi.

Cala il buio, il silenzio,
i lampioni che illuminano le strade
e le stelle che bruciano il cielo
sembrano penetrare nella nostra anima.

Scaturisce una nuova scintilla,
un sentimento inesplorato
nella rapida e celere modernità,
un sentimento antico
come le farfalle nello stomaco di un bimbo.

Ed il mondo improvvisamente,
figlio del buio, si improvvisa poeta.

SOGNO 3

Rinascita

Infinite distese soleggianti,
grandi campi aperti verso l'orizzonte
e lunghe praterie infinite:
sono tutte un'illusione.

Illusione di una libertà effimera:
le distese non sono altro
che lunghi binari
indiscutibilmente predeterminati.

Illusione di un'eternità limitata:
scelta la propria via,
l'orologio inizia a ticchettare
finché viene concessa
l'ultima pausa, terminale,
della propria scelta.

Illusione di un'arbitrarietà fissata:
i solchi su cui si cammina,
si traccia la propria storia,
sono già posti e decisi per il futuro.

Un urlo, un grido spacca l'ordinarietà,
la limitatezza delle scelte infinite,
un guaito verde in una realtà grigia
riporta al centro la vita, la speranza,

regalando un sogno ai viaggiatori
ormai da troppo svegli. Rinascita

SOGNO 4

Giornalaio

Mi libero dalle catene digitali
che opprimono la mia giornata:
È arrivata l'ora d'aria della settimana.
Tintinnii tumultuosi si trastullano
trapassando le mie orecchie
mentre breve, mi manca il respiro.

Mantengo un ritmo andante
mentre ansimo verso la adorata
meta: la normalità è diventata
un'epopea.
Alcuni amici mi passano accanto
ma non mi riconoscono:
Sono un eroe mascherato
ma mi manca il mantello.

Ottenuto il giusto giornale
dopo una fila a fil di pettine
riscappo verso casa:
vetusti uomini indiati
di fronte alla Chiesa
mi spingono a tornare
nella mia amata prigione.

Scappo col rosso e termino questa agonia,
questa parvenza di un'illusa mattinata.

FAVOLA DELLA BUONANOTTE V

Armonia Dolorosa

Risuona un ticchettio perpetuo,
dolci coltellate squarciano il tempo
tic-toc, continua a ripetersi
non mi dà pace, sento il gelo sulla pelle.

Risuona in uno sciame confuso
formando un'armonia dolorosa,
non è meglio scandire il tempo
piuttosto che torturare un periodo?

Si propaga un arpeggio confuso
dolci pizzichii squarciano le membra
zac-zac, il sangue sulla pelle
mi dà pace e mi dona l'ebrezza.

Si propaga il suo nome nell'aria
profezia di una piacevole tortura:
una *santa* illumina la via ai cani
ma la luce mi mostra il buio dell'odio.

SOGNO 1

Valzer

Mi manca quello sguardo,
quella luce
che mi ha indicato
la strada nell'oscurità
più totale.

Mi manca questo fuoco,
che a fasi alterne
mi ricorda
questo sentimento
tanto combattuto.

Mi manca quella lotta,
il valzer continuo
di due anime
che non possono,
non devono toccarsi.

Mi manca il tuo viso,
l'ho sempre visto
da lontano,
credendo di avvicinarmi
un prossimo domani.

Mi manchi te,
come manca
la possibilità di rivederti
e parlare per cento
giorni di silenzio.

SOGNO 2

Scienza

Scaramucce, raffreddori, guerre,
litigi, epidemie, morte;
la Scienza arriva e risolve tutto
come l'ombra di un Dio
Onnipotente.

È la base della nostra vita,
l'onnipresenza Scientifica,
che tutto può e tutto provvede.
In un mondo di scienziati ed ingegneri
Non c'è spazio per venditori d'aria:
"Largo, arriva la verità!"
e tutto il mondo sta sul chi va là.

Quando però la realtà si palesa
ciclica, violenta e cruda,
rinasce un triste sentimento
e tutte le certezze ricadono,
Baratro.

Non siamo immortali,
nemmeno intoccabili,
chissà, forse univoci.
Tutto ha un prezzo:
per ora ci accontentiamo
di chi vende speranza.

SOGNO 3

Positiva

Arrivati nel buio del baratro
dove tutta la fede è perduta,
si trova il piccolo arbusto
che costituisce la brace divina:
a costo di una cieca fiducia,
il fuoco, sempre più alimentato,
non fa altro che mostrare a tutti
la realtà delle cose.

Più si avanza, più diventa nitida,
più si diffida di chi si ha intorno,
perché la luce non può illuminare
l'anima delle persone.

Il mondo paga un caro prezzo:
per la temporanea illusione
di poter comprendere tutto,
perde la verità di sé stesso.

"Tutto gira, è matematico,
due più due non è problematico!"
("Lasci perdere, che ne vuol sapere,
sta prendendo tutti per il sedere").
Finché il fuoco non inghiotte tutto
e si ritorna nell'oscurità più totale.

SOGNO 4

Vespro

Cala la notte sulla Milano immobile
e le stelle lottano contro i lampioni
per un piccolo spiraglio d'aria.

Puntuale, un chiaro clappettìo
risuona con clamore dall'esterno,
e, come trasportato, mi affaccio
fuori dalla mia dolce prigione.

Alte musiche risuonano nell'aria
e la gente, felice, danza e canta
questa dolce libertà,
dimenticandosi di essere rinchiusi
in un gioco infinito di luci e ombre.

È la celebrazione del vincitore,
che, conquistata la terra,
si appresta ad invadere
il cuore, l'anima delle deboli persone.
Un corteo trionfale illusorio,
dato che inconsapevole
ai festanti stessi, poveri nel loro dolore.

I prigionieri festeggiano,
schioccano le pesanti catene
a ritmo di un giusto patriottismo,

illusi di una sperata libertà
e che tutto questo sia
una triste, corta parentesi
nell'infinito della loro esistenza

FAVOLA DELLA BUONANOTTE VI

Il sorriso degli Idoli

Ammiro i pensieri dello stolto
e i dolci desideri dell'ignaro,
che piange ciò che la vita gli ha tolto
riservandogli un finale amaro.

Ammiro la caparbietà del perduto
e la amara resilienza del vinto
perché la vita con un colpo l'ha abbattuto
e lui l'ha trasformata in un dipinto.

Ed ecco che stringo la mano
ad artisti, pittori e poeti
che, nonostante lo sforzo invano,
vengono ricordati lieti.

Perché ciò che importa è il sorriso
disegnato sulle facce dei morti.
gli si orna con esso il viso
fingendo che il vivo lo porti.

SOGNO 1

Rumore

Con la mente lontana verso
l'orizzonte,
sento la compagnia del vento.
Un sussurro sibilante
mi accudisce nel sonno.

Cupi inquietudini mi mantengono
sveglio.
Lotto inerme contro i miei pensieri:
consapevole di una sicura
sconfitta,
mi rifugio in un doloroso soliloquio:
colpe, colpe, colpe, ***colpi.***
Sento le tapparelle
sbracciarsi contro il vento.
lottano, resistono, fanno
Rumore.

Una dolce tempesta
nei miei turpi pensieri.

SOGNO 2

Libreria

Un marinaio errabondo
oppresso da idee,
circondato da triliardi di parole perse
in un mare stropicciato e infinito:
non sa cosa scegliere,
non sceglierà,
confuso dai grandi titoli sgargianti
e consigli vuoti su sporchi davanzali
ammassati in un carcere di pensieri.

Le Pagine zebrate e infinite
in attesa di essere navigate
dal povero marinaio
verranno disilluse.
Anni di sforzi che lottano
una guerra infinita contro loro stessi.
Amici nella loro sventura
e rivali nella impossibile fortuna:

In questo mare di carta
Vince chi è già Vincitore.

SOGNO 3

Orologio

Le lancette iniziano a ticchettare
solo quando il tempo a disposizione
è poco, finito, terminato.

Il peso dei minuti, secondi, attimi,
si risolve solo alla fine,
quando l'avventura è conclusa
ma non gli eventi,
le speranze e le promesse.

Nessuno ha paura della partenza
prima della festa.
E nonostante tutti lo sappiano,
è naturale arrivare impreparati,
sempre, comunque,
in ogni attimo casuale.

L'ultima canzone si balla senza l'orologio.

SOGNO 4

Aprile

Sul viale principale
le persone che passeggiano
con piccoli passi appesantiti
appaiono povere di vita.

Mi fermo. Vedo nei volti
bianchi per metà la paura,
paura del prossimo,
orrore di chi gli sta accanto.
I metri di distanza
diventano piccoli chilometri
pesanti sulle proprie coscienze.

Dolci arcobaleni illuminano
il grigio dell'asfalto,
un riflesso sull'anima
dei piccoli passeggiatori,
lontani per realtà e finzione.

Gli alberi, le case lontane
non sono mai state così
illuminate, sgombre di nere
Ombre danzanti sui marciapiedi.

Il sole è solo l'illusione
di una pioggia infinita.

FAVOLA DELLA BUONANOTTE VII

...Portano in Fiera

Il fringuello si posò in un parco lontano
che per me, però, era a portata di mano,
per casualità incontrò un mio amico caro
generoso sì, ma per natale detto avaro.

L'uccellino riprese la sua dolce ballata
dedicandola a chi l'aveva tanto desiderata,
ne fui triste, sì, era per me un tradimento:
insultai il mio amico per questo brutto evento.

Il cielo, però, si fece ancora più scuro
e il fringuello, ormai più testardo di un mulo,
scomparì lontano, inseguendo il vento,
ripetendo ancora quel triste avvenimento.

Io e il mio caro amico ci riappacificammo
E arrivò il lieto fine: capimmo il brutto inganno.

SOGNO 1

Solstizio d'estate

Lentamente riprende la vita
con tanti piccoli blocchi
che possono solo nascondere
il terrore involuto della gente.
Il metro di distanza ormai è scomparso,
reso come l'ombra di un odiato passato,
ma il peso sulle anime rimane
nello sguardo spento delle persone impaurite.

E mentre molti diventano paladini
di loro stessi, per acquietare un tormento
fondato da odiatori di professione,
l'acqua allaga la loro stessa casa
e un tremore si abbatte sui loro muri,
inconsapevoli dello squarcio sul tetto
e la caduta delle proprie fondamenta.

Infinite divisioni spezzano il cuore degli uomini,
inviso da coloratissimi *reminder* distanzianti,
mentre un'ennesima caccia alle streghe
si riversa sull'ennesimo medioevo culturale:

Cercasi architetti di pensieri duttili,
semplici, ipocriti e "lontani" dagli utili.

SOGNO 2

Cliché

Ormai si parla solo di cliché:
film, riviste, serie tv, libri
portano i classici giri immensi
per poi tornare al solito,
indiscutibile, punto di partenza.

È insita nell'animo umano,
la nostalgia, che riporta
tutti all'inizio, alle proprie radici.
Promesse e sogni così possono
trovare le seconde opportunità.

Follia, quella che vuole essere narrata.
Chi crede nelle seconde occasioni?
Chi crede nei passi indietro?
Un povero di spirito che si batte
con coloratissimi mulini a vento.

E poi c'è lei, barriera invalicabile
dopo la quale nessuno, nessuno,
può riprendere il proprio giro.
E forse è per questo che al cinema
si piange, piccole lacrime che si battono
contro il cuore della persona,
disillusa dal suo dolce sogno,
rispedita nella vivida realtà.

SOGNO 3

La Febbre del Sabato Sera

Ovunque mi giro
trovo perpetue alternanze
di musi basiti o bianchi,
che coprono e scoprono
la loro piena vuotezza.

Sguardi spenti tutt'intorno
riflettono il nulla interno
delle persone vuote:
niente da dire,
niente si dirà.

Rispondo all'ombra tristemente entusiasta:
"Tranquillo, tutto passa o non passerà,
non ti concerne, fai così, si vedrà".

SOGNO 4

Tic-toc...

Tic-toc...
Solo il tempo è immortale,
continuo ed inesorabile.
Tutto è destinato a cancellarsi,
levigato ed eroso dal flusso
stesso della vita, inarrestabile.

Con esso i ricordi, le memorie
si faranno sempre più leggere
e così farà il tuo dolce viso:
di questo mi rimarranno
solo solchi incomprensibili
su carte sporche, stese
su neri letti di Basalto.

Ma quando tutto questo
farà parte dell'oscurità,
rimarrà quello che,
al di là dello spazio,
inconsapevole, mi hai lasciato.

Rimarrà quella luce,
il coraggio, la fede,
e anche le dolci ferite.
Capirò quanto, senza volerlo,
tu mi abbia cambiato

e ti renderò un grazie,
che si perderà in un eco
Infinito e non risposto.
…Tic-toc.

INDICE

Stampato nel mese di agosto 2021

presso Digital Point Srl – Perugia